은시런니가 필요해.

은시런니가
필요해

초판 1쇄 발행 2017년 7월 1일
초판 3쇄 발행 2017년 9월 20일

지은이 유은실
펴낸이 유정연

주간 백지선
책임편집 김경애 **기획편집** 장보금 신성식 조현주 김수진 **디자인** 안수진 김소진
마케팅 임충진 이재후 김보미 **제작** 임정호 **경영지원** 전선영

펴낸곳 넥스트웨이브미디어(주) **출판등록** 제313-2003-199호(2003년 5월 28일)
주소 서울시 마포구 홍익로5길 59 남성빌딩 2층
전화 (02)325-4944 **팩스** (02)325-4945 **이메일** book@hbooks.co.kr
홈페이지 http://www.nwmedia.co.kr **블로그** blog.naver.com/nextwave7
출력·인쇄·제본 (주)상지사P&B **용지** 월드페이퍼(주) **후가공** (주)이지앤비(특허 제10-1081185호)

ISBN 978-89-6596-219-9 03810

- •이 책 내용의 전부 또는 일부를 사용하려면 반드시 저작권자와 흐름출판의 서면 동의를 받아야
  합니다.
- •흐름출판은 독자 여러분의 투고를 기다리고 있습니다. 원고가 있으신 분은 book@hbooks.co.kr
  로 간단한 개요와 취지, 연락처 등을 보내주세요. 머뭇거리지 말고 문을 두드리세요.
- •파손된 책은 구입하신 서점에서 교환해 드리며 책값은 뒤표지에 있습니다.

이 도서의 국립중앙도서관 출판시도서목록(CIP)은 e-CIP홈페이지(http://www.nl.go.kr/ecip)와
국가자료공동목록시스템(http://www.nl.go.kr/kolisnet)에서 이용하실 수 있습니다.
(CIP제어번호: CIP2017013081)

my 는 넥스트웨이브미디어(주)의 생활·예술·에세이 브랜드입니다. **Make Your Life, MY!**

은시런니가 필요해.

은시런니
그림 에세이

은시런니 프로필

직업 놀고먹고 자고 먹고 있지만, 365일 다이어터

몸무게 자고로 여자 몸무게는 60킬로그램을 육박해야 한다고 생각함.

사는 곳 물 맑고 공기는 좋지만 때론 고향의 소똥 냄새가 나는 어느 시골구석

나이 내일모레 불혹

별명 초트리플 A형

성격 1. 소심하지만 건들면 물 수도 있음 2. 온순하지만 때릴 수도 있음

　　　3. 조용하지만 수다스러움 4. 그냥 알 수 없음

남자친구 유무 있는 듯 없는 듯 투명 인간 같은 너

잘하는 거 먹고 놀고 그림 그리며 백수 짓하는 거

못하는 거 열심히 일하며 사는 거

주량 맥주 반 캔

장래 희망 건물주의 딸(인데 틀려 먹었어… 다시 태어나야 함.)

이상형 매력 있는 아이돌상

좌우명 오늘 일을 내일로 미루자. 그럼 내일의 내가 알아서 해줄 것이다.

아침에 일어나서 가장 먼저 하는 일 누워 있는 주변으로 숨겨놓은 군것질 찾아 먹기.

아침에 하는 일 아이돌 영상 찾아보기. 헤헷~

낮에 하는 일 땅바닥 탐험하기.

밤에 하는 일 아이돌 영상 찾아보기. 데헷~

자기 전에 하는 일 아침에 먹다 남은 과자 먹기.

싫어하는 사람 흐름을 못 읽는 사람

좋아하는 사람 센스 있는 사람

독자들에게 남기고 싶은 말 인생에서 이런 병 맛나는 책 한 권쯤은 품어줄 수도 있잖아요.

인생 신생아의 변

어느 날 상처를 가득 안은 채 집으로 돌아왔다. 어떤 식으로도 위로가 되지 않아 낙서처럼 그림을 그리기 시작했다. 그림 그리는 걸 좋아했지만 그때까지는 내 자신을 그려봐야겠다는 생각은 하지 못했다. 너무 착해 보이는 건 싫어, 너무 못되 보여도 싫어, 하고 그렸던 것이 은시런니다.

은시런니를 통해 욕도 하고 화풀이도 했다. 실생활에서는 욕 한 번 시원하게 하지 못하니 그림으로나마 실컷 해보자는 심산이었다. 그렇게 그리기만 하다 한마디라도 좋으니 누군가의 위로가 듣고 싶어 인스타그램에 올린 것이 이 책의 첫 시작이었다.

그저 욕을 하며 나의 일상을 올렸을 뿐인데, 신기한 일이 일어났다. 많은 사람들이 공감을 하며 내가 하지 못했던, 혹은 생각지도 못했던 욕을 하는 게 아닌가. 그동안 이분들도 참아왔던 것인가. '오예!' 하고 속으로 외쳤지만 겉으로는 아무렇지 않게 '훗, 이 정도쯤이야' 하고 센 척을 했다.

실상 나는 텅장으로 허덕이는 백수 나부랭이었고, 내일이면 불혹을 바라보는 말 그대로 땅바닥 생활인이었다. 이대로 괜찮은 건가 고민도 해봤지만 역시 나란 여자는 생각의 끈을 오래 가지고 갈 수 없는 인간이었다. 낄낄. 내 미래는 미래의 내가 어떻게든 살아가 주겠지, 하고 넘기면 그만이었다. 철없는 생각이지만 뭐 어떤가. 철없는 지금의 나도 미래의 내가 어떤 식으로든 좋게 포장해주겠지.

깨달은 것이 있다면 내가 조급해봤자 달라지는 것은 아주 미미하다는 것이다. 그럴 바에는 지금 이 시간, 이 순간에 즐거운 일을 하자,라는 생각이 들었다. 그래서 나는 계속 그림을 그렸고 글씨를 썼다. 그림으로 누구일지도 모르는 누군가를 위로도 해봤고, 욕도 해봤고, 투덜도 대봤다. 불특정 다수에게 한 번 쏟아내고 나면 내 인생은 꽤 괜찮은 삶이라고 단순

한 생각이 들기도 했다. 그렇게 하루를 견디고
또 하루를 견디면 결국엔 욕만 잘하는 욕쟁이가
되어 있지만, 나름 내 자신을 위로하고 토닥이는 효과도
제법 있다. 그림으로 누군가를 위로하고 공감시킬 수 있는 능력을 불혹이 다 된 나
이에 찾게 된 것은 지금 생각해도 참 잘한 일이다.
아주 칭찬해~ 유은실이.

이 책은 지극히 잉여스러운 인생살이에 대한 변이다. 소심하지만 센 척하는 언니의 투
덜거림 혹은 사이다 같은 한마디라고 할 수도 있겠다. 거창하게 이 책으로 더 많은 사
람들을 위로하려는 의도는 없다. 다만 고구마를 먹은 것처럼 목구멍이 답답할 때, 세
상의 짐은 혼자 다 짊어진 것마냥 우울할 때, 남들은 행복한데 나만 구질구질한 것 같
을 때 이 책을 열어보고 조금 웃었으면 좋겠다.

누구나 그럴 때 한 번쯤은 있지 않은가? 억울하지만 말을 잘 못해서 어버버거릴 때, 친한 언니에게 이렇게 사는 게 맞아요?라고 묻고 싶을 때. 그럴 때 이 책을 펴주었으면 좋겠다. 다정하고 똑똑하진 않지만 그래도 나름 은시런니니까. 여자들은 누구에게나 언니가 필요한 순간이 있으니까.

그저 이 책을 읽은 후 당신이 사이다 원샷 한 후의 기분처럼 후련하길 바라며.

January

어쩌다보니
작심일일 일기

올해도 계획을 세워보자!

올해의 계획 1. 다이어트 2. 눕지 말고 앉아 있자 3. 놀지 말고 뭐라도
그리자 4. 작심일일이라도 하자

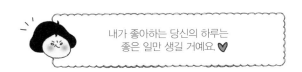

내가 좋아하는 당신의 하루는
좋은 일만 생길 거예요.

 우리는 아주 확실하고도 변하지 않는 공통점이 있다.

기분이 안 좋을 때 하는 일

기분이 안 좋을 땐 좋아하는 것들을 적어보자.

1. 커피   2. 피자   3. 계란프라이   4. 당근케이크   5. 소시지   6. 도넛

7. 치크…

에라잇 !

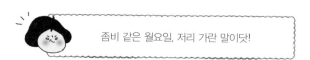

좀비 같은 월요일, 저리 가란 말이닷!

9th
January

뭐해?

(내가 들어갈)
따당 파고 있어....

오늘의 삽질

누군가에게 실수라도 한 날이면 온종일 그 일을 되새김질한다. 그러
나 막상 당사자에게 그 이야기를 꺼내면 그런 일이 있었냐는 듯한 무
심한 반응을 보인다.

나는 온종일 생각의 땅을 팠다. 내가 왜 그랬을까? 그때 왜 그랬지?
땅을 파다파다 보면 땅속에 있었던 일까지 끄집어내어 삽질을 하게
된다. 일기를 쓰는 지금도 삽질 무한 리필 중.

아! 정말! 내가 그때 왜 그랬지?

꿈에서 먹는 건 살이 찌지 않아.
이때라도 마음껏 먹어야지.
음냐~ 음냐~

내가 다이어트를 하고 있을 때는 자고 있을 때뿐…

오늘 하루,
힘들었던 일
슬펐던 일
짜증났던 일
창피했던 일
우울했던 일

모두 잊고,
기억 저편에 묻어버리자구요.
우리는 소중하니까.

피곤도 잘 가~
오늘 하루 고생했어.

다시 시작될 하루를 위하여 잘 자요.

생각이 너무 많아

- -

생각을 해서 생각을 하게 되고, 생각하지말자 생각해서 생각을 하게 된다.
생각의 되돌이표에 갇혀 자신을 괴롭히는 짓을 이제 그만하고 싶다.
생각이 많아 생각이 많다.

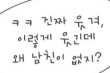
ㅋㅋ 진짜 웃겨,
이렇게 웃긴데
왜 남친이 없지?

얼굴도 웃겨서...

이유는 얼굴에 있다! 이유는 뱃살에 있다!

오늘도 망했어.

남 걱정 위원회

나이가 먹으면 먹을수록 왜 이렇게 내 걱정을 해주는 사람이 늘어
나는지….
결국 모든 숙제는 자신의 것이다. 나의 지방도 내 걱정. 나의 고독도
내 걱정. 내 나이도 내 걱정거리다. 남 걱정 위원회는 이제 그만 열어
주세요. 제발~

꼬~   옥~

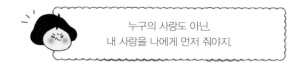

누구의 사랑도 아닌,
내 사랑을 나에게 먼저 줘야지.

재활용도 안되는 감정들….
오늘은 모두 버리고 말테닷!

내일 또 쌓일 테지만 기분만큼은 상쾌하군.

난 말이야, 딱 하루만
못생겨 봤으면 좋겠어…

왜냐하면 난 매일 못생겼으니까….

다시 시작할 수 있는 기회

무슨 일이 있어도 어김없이 돌아오는 월요일처럼 내 인생도 그랬으면
좋겠다. 새롭게 시작할 수 있는 기회가 다시 돌아왔으면 좋겠다.
그렇다면 지금보다는 좀 더 잘할 수 있지 않을까? 몇 번의 경험이 쌓
이고 쌓여서, 다음에 올 시련은 지금까지와는 다르게 조금 더 잘 견뎌
낼 수 있지 않을까.

인스타그램

너무 멋지게.

너무 예쁘게.

너무 눈부시게.

너무 화려하게.

포장하지 마.

너의 거짓말이 티 나잖아.

난
언제쯤
예뻐질까?

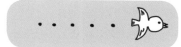

이번 생은 글러 먹었어!
그렇다고 다음 생이 인간이라고 정해진 것도 아니야.
그냥 아무 생각 없이 생긴 대로 살자.

그렇게 나의 하루가
끝났다.

나의 하루

빈둥거리며 하루를 소비했다. 손과 핸드폰을 함께 박제한 것마냥 손에
서 핸드폰을 한 번도 놓지 않았다. 정지 화면처럼 일어나지도 씻지도 않
았다. 저녁은 어찌나 빨리 어두워지는지….
젠장. 아직도 분출하지 못한 잉여력은 이백퍼센트인데…. 내일은 월
요일이다.

 핑계 같지만 나에게 주는 선물도 필요해!

AM 9:00

PM 12:30

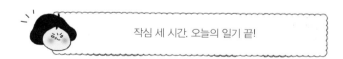

작심 세 시간. 오늘의 일기 끝!

내일은 뱃살과 이별할 수 있길!

February

꽃길만 걷게
해주세요? 네?!

곧 지나갈 시간에 그만 아팠으면 좋겠다

- -

힘든 일 하나로 머릿속과 마음속이 온통 분주하다. 다른 일을 하다가도
그 일이 생각나고, 텔레비전을 보다 깔깔 웃다가도 금세 울상이 된다.
지나고 나면 다 별일 아닌데….
지나고 나면 괜찮아진다는 걸 알면서도 아직도 힘든 일에 마음을 내어
주는 걸 보면 아직 덜 살았나 보다.

잉여족의 카페인 섭취

생각이 정신없이 밀려올 때면 카페에 혼자 멍하니 앉아 있는다. 커피 한
모금을 삼키고 나면 머리를 아프게 했던 생각 따위는 온데간데없고 뭔
가 후련한 기분이 든다. 역시 카페인은 좋은 것이다. (잉?)

봄 없는 인생은 없으니까요.

신나고 재밌는 일이 필요해서
과자 흡입을 택했다.
더불어 행복해지기 시작했다.

 꿈은 없고요. 놀고 먹는 게 제일 쉬웠어요.

오늘 하루

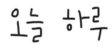

신나게 ♪ 신나게 ♭

오늘 하루도 신나게 놀아봅시다.

마법의 주문

- -

"괜찮아." 이 한마디가 갖고 있는 힘은 상상을 초월한다. 언제 어디서
든 무슨 일이 있든 없든 주문처럼 짧게 읊조리고 나면 기적처럼 진짜
괜찮아진다.

"나는 괜찮아."

"오늘도 괜찮아."

"괜찮아, 괜찮아, 다 잘될 거야."

영원한 불치병

증상은 자존감이 올라가고 공주라도 된 것마냥 세상에서 내가 가장
우월해 보인다는 것.
그러나 딱 1분만 증상이 왔다 급격히 사라지니 너무 경계하지는 말자.
공주병이라도 있어야 세상이 살맛 나요, 여러분!

(실물 공개는 절대 안 하렵니다.)

인생의 파도여, 오거라.
견뎌주리라.

파도타기

인생에 오는 파도가 꼭 무섭지만은 않다. 밀려오는 파도에 파도타기를
할 수도 있으니까. 작든 크든 파도가 없으면 인생은 무척 무료할 테니까.

아쉬워하지 않기로 했다

이제는 안다. 부러워한다고 그것이 결코 내 것이 될 수 없다는 것을.
노력한다고 결코 내 손에 쥘 수 없다는 것을. 하지만 그 과정에서 얻
는 모든 것은 살아가면서 그 어떤 것과도 바꿀 수 없는 재산이 된다.
아쉬워하지 않기로 했다. 나는 노력했고, 노력했으며, 최선을 다해 노
력했으니까.

뭐 먹지?

생각을 하다 보니
어제도 생각했던
것들이었다.

지금 같은 고민 있는 사람 찌찌뽕!

울고 나니까 속이 후련해

몹쓸 마음이 끝내 눈물이 되었다. 울고 나니 마음이 후련해졌다. 눈물
이 마음속을 청소해주는 것 같았다.
가끔은 나를 위해 눈물을 흘리는 것도 나쁘지 않다.
어른도 눈물을 흘릴 수 있다. 흥~

(코는 풀면서 울어야지. 먹으면 추해.)

당신의 행복은 무한대이길!

호의를 계속
베풀다 보면
본인이나 상대에게
더이상 호의가
아니게 된다.

 호의가 계속되면 권리, 나중엔 둘리가 된다.

호박꽃!

비나이다. 비나이다. 나만 잘되게 해주세요.

절실함이 필요해

이십대 초 엄마는 나에게 욕심이 없어 큰일이라고 했다. 당신을 닮지 않아 그런 거라고. 그 시절 어린 나는 엄마 말을 웃으며 넘겼지만 지금 생각해보면 난 절실하지 않았던 게 아니라 욕심이 많았던 게 아닐까? 욕심만 부리다가 성에 차지 않으면 빨리 포기해버리는 끈기 없는 아이었을지도 모른다. 절실해질 만큼 끈기가 없었고, 욕심을 부리기에 는 그만큼의 절실함이 없었던 것이다.

충전 중.....

충전이 필요해

있는 힘껏 최선을 다했다면 휴식이 필요하다. 최신 충전기로 좋은 기
운을 충전해야 한다.
빨간색으로 깜박이던 신호가 초록색으로 충만하게 변하는 그 순간,
다시 시작할 수 있다. 무엇이든!

요즘,
귀찮음
게이지가
상승했다.

의미없이 손가락질

잉여력만 상승하다 진짜 잉어가 되는 게 아닐까?

우주를 나눠 드립니다

하루하루 살기 힘든 분들에게 밝은 우주를 나눠 드립니다. 아직 세상
은 살만하니까요. 혼자 사는 세상보다 함께 사는 세상이 더 행복하니
까요. 자, 여기 하나 가질래요?

나를 내려놓아야 할 때가 있다.

March

아무래도
내 몸 어딘가엔
잉여력 발전기가
있나봐

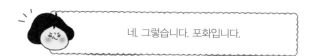

할 수 있을 것 같아! 더 먹을 수 있을 것 같아!

더 먹고 싶어 vs. 그만 먹을래
더 먹을 수 있을 것 같아 vs. 그만 먹어도 돼
더 먹고 싶어 승!
더 먹을 수 있을 것 같아 승!

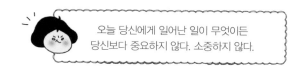

오늘 당신에게 일어난 일이 무엇이든
당신보다 중요하지 않다. 소중하지 않다.

내 몸 어딘가에는 잉여력 발전기가 있는 게 틀림없다.

소리치는 상사 앞에서 잊지 말아야 할 한마디

의심하지 말자. 나는 소중한 사람이다. 나는 필요한 사람이다.
나는 사랑받을 만한 사람이다.
잊지 말자.

게으름

- -

게으름에 깔려 아무 일도 하지 않았다. 무기력과 게으름은 엄연히 다
르다. 게으름은 스스로가 지금의 상황을 자각하고 있으면서도 움직이
려 하지 않는 것. 단지 오늘의 내가 내일의 나에게 할 일을 미루는 것.
그럼 좀 안 될 것도 없잖아?

막연하게 이유 없이
힘들다는 생각이 들 때는
역시! 내가 너무 예뻐서 그런가?
라고 생각하자.

꺄―
꺄―
아잉♡
난몰랑

근자감이 필요하다.

굼벵이 같은 나의 하루는
오늘도 꿈틀꿈틀 작은 도약을 한다.

힘들어하지 마세요.
어차피 내일도 힘들 테니까.

인생이란 다 그런 거지 뭐

- -

힘들다.라고 얘기하고 나서 이슬 한 방울을 마셨다. 알코올과 함께 녹
록치 않았던 순간들이 목구멍 속으로 씻겨내려 갔다. 이런 맛에 술
을 먹나?
인생은 다 그런 거지 뭐~

토요일과 일요일만 남겨두었으면 좋겠어.

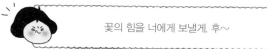

꽃의 힘을 너에게 보낼게. 후~

생각이 많은
밤이다

생각 + 생각

생각이 많아서 잠을 못 자고 일어났다. 책상에 앉아서 생각나는 말을
끄적거렸다. 가족에게도 친한 친구에게도 말하지 못한 감정들이 차례
대로 나열되었다. 한 글자 한 글자 곱게 쓴 생각 더미를 와장창 구겨
휴지통에 쏙 집어넣었다. 복잡했던 감정들이 정리되는 것 같았다. 마
음을 어지럽혔던 생각들도 함께 휴지통으로 직행하는 것 같았다. 미
약하게나마 속이 뻥 뚫렸다. 아~ 시원해.

내가 나를 보는 일

다른 사람이 보는 나와 내가 보는 내가 다를 때가 있다. 소심한 나는
다른 사람에게 소심하게 보이지 않으려고 더더욱 강하게 표현을 해
보지만, 그런 말을 할 때 나는 마음이 콩알만해져 콩닥콩닥 심장이 뛴
다. 다른 사람이 보는 나보다 나는 아주아주 작고 소심한 사람이다.

또 다른 내가 있었으면 일도 시키고 집안일도 시켰을 텐데.
그럼 진짜 나는 놀아야지.

나도 나를 잘 모르겠다

- -

이유 없이 화가 나거나, 별일 없이 우울해지거나, 까닭 없이 쓸쓸해질
때가 있다. 이럴 땐 욕 한 번 하고, 코미디 프로그램을 찾아보고, 맛있
는 걸 먹는 게 최고다.
의미 없는 감정에 이제 그만 좀 휘둘리자.

(아이 원츄 슈가!)

 가끔은 나와의 화해도 필요하다. 나를 안아주자.

나를 잠시 꺼놓고 싶다.

인생에도 스위치가 필요하다.

생각을 끄집어낼 수만 있다면....

더렵혀진 생각을 빨 수만 있다면

가닥이 잡히지 않고 생각에 생각이 덧입혀져 앞으로 나아가지 못하게
되었을 때. 머리를 열고 생각을 꺼내어 빨래 비누로 박박 문지르고 싶
다. 머릿속이 하얘지면 무언가 결정할 수 있지 않을까?

오늘의 백수 일기

드디어 봄이다. 푸릇푸릇한 새싹이 모습을 드러내기 시작했다. 모처럼 내복을 벗어버리고 공원에 나갔다. 벤치에 앉아 햇볕을 쬐다 하늘을 보았다. 무념. 무상. 그렇지 뭐, 인생 별거 있나?
역시, 프로 백수라면 결코 이래야 한다.

후회란, 쏟아내면 쏟아낼수록 걷잡을 수 없는 것

마음을 다잡아도, 생각의 끈을 끊어버려도, 무단히 노력해도, 가라앉
지 않는 후회란 감정은 잠자리에서까지도 나를 괴롭힌다. 그럴 때마
다 분노의 이불킥 대신 소리 내어 속마음을 표현해본다.
후회하지 말자! 어차피 엎질러진 물인걸.

예쁘면
다냐!!!!

예쁘면 다다!

어김없이 돌아오는
벚꽃의 계절

야,
남자들은
왜 본인 얼굴
생각 안 하고
예쁜 여자들만
좋아하냐?

.... 잘 생각해봐.
너도 잘생긴 남자들만 좋아하잖아

끄덕

끄덕

그럼
당연하지!!!

잘생긴 남자는
국가에서 보호해줘야 해!!!

국가 차원에서 보호할 남자를 찾습니다!

부러우면 지는 거다

공공장소에서 바퀴벌레처럼 붙어 있는 커플을 보면 얼굴이 찌푸려진다. 부러움을 과장한 쓴소리가 아니다. 진짜 꼴 보기 싫어서다. 절대 부러워서 그러는 게 아니다.(강조!)

감도 찌르면 꿈틀합니다

언제부터인가 '썸'이라는 단어가 생겼다. 내 것도 아닌 네 것도 아닌
남도 아닌 연인도 아닌 애매한 관계. "썸 타다"라는 말은 너도 나도 즐
겁게 사용하는 유행어가 되었지만 불확실한 관계를 자연스럽게 받아
들이는 것은 어쩐지 슬픈 일이다. 좋아하는 내 마음이 '썸'으로만 끝날
때 '썸'이라는 단어가 밉다.
왜 못 먹는 감 찔러보듯 찔러보는 건데? 어차피 썸만 탈 거면서….

남친이라고 절대 봐주지 않습니다

사랑의 표현은 제각각이지만 약 올리듯 표현하는 남자들이 있다.
웃고 있지만 표정의 변화를 잘 캐치해주었으면 좋겠다. 지금 내가 최
선을 다해 참고 있으니 알아서 그만해주길 바란다,라는 신호를 말
이다.

블랙홀이야. 헤어나올 수가 없어.

별도 달도
따준다는 말에
속은 지 어언
· · · 수년···

· · · · · · · · · ·
별이··· 달이··· 보일 정도로
퍼주고 싶다

〈자매품〉
'살면서 손에 물 한 방울 안 묻히게 해줄게'도 있습니다.

사람의 습관이라는 게 무섭지.
알면서도 자꾸만 기대하는 게
습관이 돼버렸어.

쿨쩍...

나보다는 돌이 나은 것 같다

- -

실망은 기대에 비례한다. 기대가 커지면 커질수록 실망도 커진다. 그
러나 기대를 조금한다고 해서 실망을 조금 하지는 않는다.
기대와 실망 속에서 일희일비하는 나를 보고 있으면 차라리 나보다는
돌이 나은 것 같다는 생각이 든다.

말 안 해도 알아요

- -

고백조차도 귀찮아하는 것은 마음이 변해서가 아니다. '말 안 해도 알겠지?'스킬을 시전 중이다. 텔레파시를 보내는 중이다.
그러니 제발 내 마음 좀 읽으라고!

떨어지는 별똥별을
바라보는 순간에

나가 너를
생각하는 줄
넌 모르지?

소심한 고백.

13th
April

꽃 같은 세상

생각해보면 내 주위엔 좋은 사람들이 많이 있다. 하지만 때때로 찾아
오는 나의 변덕스러움이 그들의 좋은 점을 감춰놓는다. 세상에는 꽃
이 많은데, 난 꽃을 알아보지 못하는 것 같다.
이런 꽃 같은 세상…. 그런데 난 언제 꽃이 될까?

이유 없이 투정을 부리고 싶은 날이 있다.

잘 생각해봐. 나는 화가 났던 게 아니고
화내려는 이유를 찾았던 거야.
너에게서.

15th
April

여자들의 마음

여자들은 그런 마음이 있다. 토라진 마음을 내 입으로 말하고 싶지는
않고 남자친구가 스스로 깨달아주길 바라는 마음. 이럴 땐 괜히 남자
친구의 말꼬투리를 잡고 늘어진다. 솔직하게 말하면 될 일인데. 쓸데
없이 자존심만 세운다.
그래도 남자들이여, 말 안 해도 알아줬으면 좋겠다. 여자의 마음을.

실망은 순간적으로 느껴지는
상대방의 거짓된 진심으로부터
시작되는 거야

그래놓고 계속 핸드폰만 쳐다봅니다.

 당신의 눈치 싸움에 토악질이 나올 지경입니다.

니
상
태

니 몸뚱아리 상태나
내 몸뚱아리 상태나
별반 다른 게 없으니
지적질 따윈 하지 말자.

너랑 나랑 돼지랑. jpg

22th
April

뭐... 자연스레
멀어졌잖.
·
·
·
는 네 생각이고,
분명 이유는 있다.
네가 모르는
그 이유가...

 생각해보면 이유 없는 이별은 없다.

붕어가~
안 들었네...ㅋㅋㅋ

계란빵

사람이란 자고로 먹으면서
다른 먹거리를 생각해야 한다.

365일 다이어터의 마음 자세

자고로 365일 다이어터의 마음 자세란 언제, 어디서든, 장소, 시간
을 불문하고 먹을 수 있을 때 먹는 것이다. 먹고 난 후의 일은 열심
히 먹은 다음에 걱정하는 것이 정신 건강에 좋다. 먹고 죽은 귀신이
때깔도 곱다.

 오늘도 하루가 그렇게 지나갔습니다.

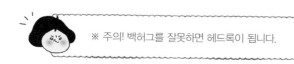

※ 주의! 백허그를 잘못하면 헤드록이 됩니다.

무엇이든 쉬운 사람은 끝도 쉽다

노력 없이 쉽게 얻으려는 사람들을 보았다. 쉽게 생각하고 쉽게 얻길
바라며 쉬운 관계를 유지한다. 이런 사람들은 등을 돌려버리는 것도
쉽다. 관계도 사랑도 모두 노력하는 것인데. 쉬운 사람에게 쉽게 넘어
가서 상처받지 말자. 나는 소중하니까.

아..어..
음...응...어...

너의 말이
말인지 방구인지
모르겠지만
일단 들어는 볼게.

여자친구가 화났을 때는 일단 변명부터 해봅시다.

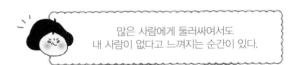
많은 사람에게 둘러싸여서도
내 사람이 없다고 느껴지는 순간이 있다.

May

마음
땅따먹기

천방지축 날뛰는
마음 때문에 심란하다.

마음아, 너는 왜 마음대로 안되니?

111

웃는 것도
예쁘고.. 막 그래...
난 우럭 같은데...
· · · · 첫

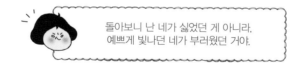

돌아보니 난 네가 싫었던 게 아니라,
예쁘게 빛나던 네가 부러웠던 거야.

생각지도 못한 순간에 행복을
조금씩 잃어버린 게 아닐까?

어렸을 적 꿈꿨던 행복은 멋진 어른이었다. 멋진 어른이라면 집도 있고, 돈도 많고, 직업적으로도 성공한 사람이라고 생각했다. 그런데 막상 시간이 지나고 보니 난 여전히 땅바닥 생활인이고, 치킨과 피자 하나에 일희일비하는 단순한 어른이일 뿐인걸.
어쩌면 행복은 내가 모르는 순간에 찾아왔을지도 모른다.

쿨한 언니 흉내 좀 내봤습니다

일부러 큰 소리를 내며 웃어본다. 그러고 나면 심각한 일이라고 생각
했던 것이 진짜 아무 일이 아니게 된다. 설사 일이 해결되지 않아도
잠시 숨 고르기를 한 후 다시 시작할 힘이 생긴다.

 어쩌면 마음이 나를 괴롭히고 있는 게 아니라,
내 스스로 마음을 괴롭히고 있는 건지도 모른다.

10th
May

진짜 얼굴

- -

가면 속에 감춘 진짜 얼굴을 볼 수 있다면 사람에 대한 믿음이 강해
질까. 실망이 옅어질까. 관계가 돈독해질까? 그런 거울이 있었으면
하고 상상한다.
가식의 가면을 한 꺼풀 벗겨내면 다 똑같은 사람이다.

부럽다~♡

갖고 싶다~♡

겨울♡
좋겠다!!♡

최고♡ 최고♡

감정에 솔직한 사람이 좋다.

텅 빈 통장보다 더 무서운
거울 속에 비친 내 몸뚱이....

기야악~

챙그랑~

펑

이게 다 치느님 때문이다.

누군가에게
인정받는 다는 건
진심으로
기쁜 일인 것 같아

칭찬은 은시런니도 춤추게 합니다.

상처의 크기가 아니라 깊이를 볼 줄 알아야 한다

내 상처의 크기는 바위만 하고 다른 사람의 상처 크기는 모래알만 하지 않다. 눈에 보이는 게 다가 아니다. 내 상처가 아프듯이 남의 상처도 아프다. 상처의 크기가 아니라 깊이를 가늠할 줄 알아야 한다.

거울을 보고
'나는 행복해'
하고 몇 번이나
말해보니
다시 불행해졌다.
망할 거울 쓱

어떻게 해야지 예뻐지는지 너도 나도 우리 모두 알고 있다.
다시 태어나야 하는 것이다.

인생에는 왜 리셋 버튼이 없는 거죠?

돌아가기엔 너무 많이 와버렸고, 새로 시작하기엔 두려움이 앞을 가
린다. 지쳐버린 탓도 있지만 이미 겪은 쓰라린 기억이 새로 시작할
용기를 막는다.
인생에도 쉽고도 정확한 리셋 버튼이 있다면 얼마나 좋을까?

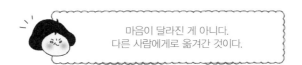

마음이 달라진 게 아니다.
다른 사람에게로 옮겨간 것이다.

걱정은 걱정을 낳는다

때론 걱정해주는 마음이 상대방에겐 부담이 될 수도 있다. 지나친 걱정은 받는 사람에게 더 많은 걱정을 주기도 한다.

난다 긴다 하는 사람들 틈에서
날아보려다 기만 빨린 기분이야.

휘청

휘청

꼭 잘하지 않아도 괜찮아.

눈치야~
어딨니~

집 나간 눈치를 찾습니다.

선물입니다.

선물용 눈치도 받습니다.

고작
그런 여자
만나려고...!!
자존심 상해!!!

네가 잘난 사람을 만났든 못난 사람을 만났든
이미 내 자존심에는 스크래치가 났다.

탁상 밑으로 들어가
실컷 울다 나왔으면....
아무도 날 찾지 안았으면....

어른이 되면 눈물이 마르는 줄 알았는데,
숨어서 울게 되는 거였다.

내 눈을
바라봐.
너의
마음이
보인다.
보인다.
보인다.

마음 살피기

- -

아무리 들여다보아도 상대방의 생각이나 마음을 읽을 수 없을 때
가 있다. 한동안 그 사람의 눈을 응시하지만 끝내 읽지 못하고 포
기한다. 자신의 마음이 다치지 않기 위해 조심하는 거겠지,라고
생각하지만 이런 사람을 만나면 남자든 여자든 정복하고 싶다.
나, 정복욕 있는 여자였나 봐~

적은 항상 가까운 곳에 있다.

인생에도 뽀루지 같은 것이 있다

항상 행복할 수는 없다. 어느 날은 좋지 않은 일이 생기기도 한
다. 그러면 그것은 꼭 얼굴에 난 빨간 뽀루지처럼 곪아서 터질
때까지 신경이 쓰인다. 빨갛게 부어오를 때까지 마음속에 남아
존재감을 과시한다.

이런 일은 빨리 털어내자. 얼굴에 뽀루지를 짜내듯 열심히 생각
하고 빨리 잊어버리자.

June

여기가 선이야,
넘어오지 말라고!

몸뚱아리를 종이처럼
접어서 넣어볼까?

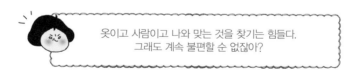

옷이고 사람이고 나와 맞는 것을 찾기는 힘들다.
그래도 계속 불편할 순 없잖아?

한걸음 다가가기

내가 한걸음 더 다가가기는 내키지 않는다. 그렇다고 이대로 멀어지기
도 아쉽다. 내가 한걸음 다가갔으니 너도 한걸음 다가와줬으면 좋겠다.
내가 먼저 더 다가가도 될 텐데….
우리는 가까워지지도 그렇다고 멀어지지도 않는 사이에서 보이지 않
는 힘겨루기를 하고 있다.

나를 합리화한 채 뒤에 숨어서
상황을 관망하는 것은 비겁하다.

풀고 싶은 관계가
더 꼬이는 건 왜일까?

 그래도 나이가 드니,
차근차근 풀어내는 재미를 알게 되었다.

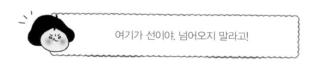

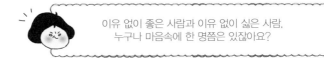

이유 없이 좋은 사람과 이유 없이 싫은 사람.
누구나 마음속에 한 명쯤은 있잖아요?

나만 아픈 건 아니다

- -

누구를 향해서인지, 어떤 목적이 있는 건지 모를 뾰족한 마음
이 생겼다. 그것은 자격지심일 수도 있고, 자존심일 수도 있으
며 한심함에서 비롯된 것일 수도 있다. 그냥 가시처럼 마음이 뾰
족하게 날이 섰다.

이런 날은 꼭 나만 그런 것 같다는 생각이 든다. 사실 누구나 다
살기 힘들고 누구나 다 상처받는데, 나만 아프다는 생각이 든다.
그런 게 아니라는 걸 알면서도.

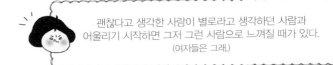

괜찮다고 생각한 사람이 별로라고 생각하던 사람과
어울리기 시작하면 그저 그런 사람으로 느껴질 때가 있다.
(여자들은 그래.)

아무것도 필요 없는 날

아무것도 필요 없는 날이 있다. 나 혼자서 어떻게든 살아갈 수
있을 것 같은 근거 없는 자신감이 생기는 그런 날. 도와달라 손
내밀면 분명 손잡아줄 친구들이 꽤 있을 텐데 그러고 싶지 않
은 날.

불특정 다수에게 욕하고 나면
속이 후련해질 때가 있다.

에잇!
18...!!

 나는 늙으면 욕쟁이 할머니가 될 것 같다.

143

17th
June

 확신 없이 시작된 관계는 위험하지만
의외의 반전이 일어날 수 있다.

마음은 항상 왜 같은 곳을 향하지 않을까?

상대방의 마음이 나와는 다르다는 것을 깨달았다.
그저 이유 없이 좋아서, 좋아하는 마음을 보냈었는데. 내가 보냈던 지
극히 순수한 마음과 그의 마음이 다른 걸 알아버렸다.
슬프기보다는 지쳤다. 이런 날은 마음을 어느 곳에도 두지 못하고, 차
가운 바닥에 쓰러져 섭섭한 마음을 달랜다.

너의 얼굴로 폭방당했어...

심쿵! 누님의 아이돌 사랑.

꼬여버린 상태 그대로
시간이 흘러가주길 바라는 관계 말이다.

사람과의 관계에서 지치는 순간

- -

사람과의 관계에서 지치는 순간이 있다. 찰나에 느껴지는 상대
방의 진심을 알게 되었을 때가 그렇다. 진심이라 생각했던 상대
방의 마음이 진심이 아니라 일종의 수단이라는 것을 파악했을
때. 나는 오늘 마음속에 조용히 단호박 씨앗을 뿌렸다.

욱아 아직 나오지 마.
일단 뭐라고 지껄이는지
들어나 보자.

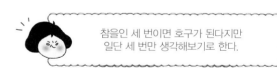

참을인 세 번이면 호구가 된다지만
일단 세 번만 생각해보기로 한다.

다중인격은 아닙니다. 정말입니다.

우리 앞으로 친하게 지내자.

그러자!!

지방이는 제 그림자가 되어
제 곁을 떠나지 않기로 약속했습니다.

누군가를 가르치기 전에
너 자신부터 돌아보기를.
답답한 인간일세.

그런 사람 싫어요.

변했어!!!

마음이 변하는 건 어쩔 수 없다

관계에서 꼭 상대방의 마음만 변하는 것은 아니다. 내 마음도 변한다.
변했다,라는 말을 내가 아니라 다른 사람이 나에게 할 때 과거의 나
를 되돌아본다. 그때는 네가 변해서 내가 참 아팠는데 지금은 내가 변
해서 네가 아프구나.
그럼에도 변한 마음은 돌이킬 수가 없다.

예전에는 성격이 모나서
꼬인 것만 보면 가위를 들고
잘라버리기 일쑤였다.

 지금은 잘라버리는 게 능사가 아님을 알게 되었다.

154

난는 지금 어찌됐던 본격적으로 더 이가 없을 예정이다

우리에게 정작
그 사람에 대한 선입견을
준 건 너인데....
이제 보니 너는 그 사람과
딩가딩가 잘 지내는구나.
뭐 이런
같은 경우가
다 있다니? 하.하.하.

 얼척이 없는 경우 투척.

155

July

옆으로
자라난다

데헷~

두툼

두툼

성장기도 아닌데 키가 자란다. 옆으로….

늘어~
짝

나라~
짝

?
· · ·

늘어나지도 않아...

점원언니의
한숨이 늘어갔다...

이건
못 입는 거여.
이건 바지가
아니라 빤쮸여.
옷이 아니라
헝겊이여.

부들
부들

넌 내게 모욕감을 줬어!

말 바꿀래?

내가 오늘부터 다이어트한다고 언제 그랬어?
내일부터 한다고 했지.

어쩐지 오늘 하루는
재수 없을 것 같은
기분이 들어

나의 하루는 내가 만드는 거니까

아침에 눈을 뜨자마자 왠지 오늘은 재수가 없을 것 같다는 생각이 들었다. 어디서부터 그런 느낌이 오는지는 모르겠지만. 길 가다가 뒤로 넘어져도 코가 깨질 것 같은 날. 그런 날이 있다.

이런 날은 몸을 너무 사리는 바람에 실수는 잦아지고, 조심스럽게 간격을 재는 바람에 될 일도 되지 않는다. 그러나 잊지 말자! 어쨌든 나의 하루는 내가 만들어가는 것이다.

배부르니까
더 먹어서
위에 있는 것을
밀어내
버리자.

그러면
배가
부르지 않을거야.
역시
난 똑똑해!

역시 난 천재야!

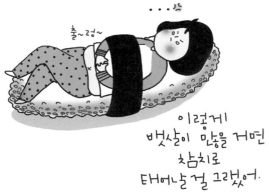

출~렁~

····스

이렇게
뱃살이 많을 거면
참치로
태어날걸 그랬어.

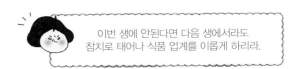

이번 생에 안된다면 다음 생에서라도
참치로 태어나 식품 업계를 이롭게 하리라.

이것이 레알 땅바닥 탐험 일지입니다.

12th July

그래서
튼실한 돼지가
되었습니다.

돼지 한 마리 키우실 분?

165

사람이 말이야...

하나
더줘!

....

염치가 있어야지...
하나 주니깐 하나 더 달라네...

하나 먹으니까 더 먹고 싶어졌어.

거짓말은 풍선과 같아서 터지기 마련이다

부장님 면접 볼 때는 야근 안 한다고 하셨잖아요. 엄마~ 세상에서 내가 가장 예쁘다며. 남친아, 나는 살 쪄도 예쁠 거라고 했잖아! 평균 퇴근 시간은 아홉 시(그래서 퇴사함.). 퇴근길 지하철에서는 의느님 AS에 눈길이 간다. 남친에게 전화하니 살 쪘다고 당분간 데이트는 없다고 말한다 (그래서 결혼은 하지 않기로 함.).

왜~ 모두들 나에게 거짓말 했던 건데? 응?

걱정 공장장 은퇴설

A형의 고질병 생각의 꼬리잡기가 끝나지 않아 스스로를 괴롭히는 날이면 이런 주문을 외쳐본다. 이제 그만. 자학은 그만. 걱정 공장장도 이제 그만!

 하… 여름 휴가에 비키니를 입을 수 있을까?

모든 관계에서 탈출하고 싶다

- -

억지로 이어오던 관계에서도, 자연스러운 관계에서도 홀로 떨어
져 연락을 두절하고 싶은 날이 있다. 모든 관계에서 탈출하고 싶
다. 오늘만큼은 소심한 내 성격에서 탈출하고 싶다.

가끔은 외로움을 친구로 두는 것도 나쁘지 않다.

 어쩌면 외로움은 내가 억지로
붙잡고 있는 감정일지도 모른다.

체중계는 처형대

처형대에 올라가는 것마냥 체중계에 살금살금 발을 올린다. 백
그램이라도 적게 나오게 해주세요. 제발~
그러나 곧이어 나타나는 세 개의 숫자. 나는 오늘 인생 최대의
절망감을 얻었다.

쓰담

쓰담

잊지 마.
넌 소중한 사람이야
그것만 기억해.

언니가 필요해.

이 구역의 흥시러니는 나야!

29 (Jul)
11:00

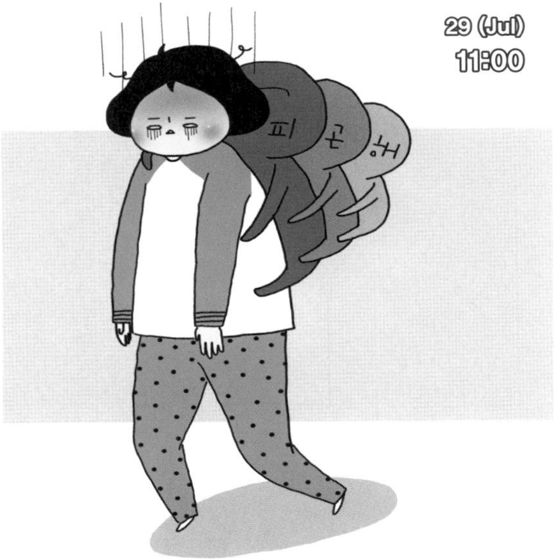

피곤 + 피곤 + 피곤 = 폐인

은시련니(나이 미상) / 365일 폐인 모드 풀 가동 중

 내일은 내일의 태양이 뜹니다. 얼른 잡시다.

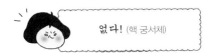

단호박 씨앗
무료 나눔

호박씨 무료 나눔

 집에 가지고 가서 마음껏 호박씨 까세요.

개똥 같은
소리하고 있네.

푸악—

※ 주의! 개똥 같은 소리하다 개똥 밟을 수 있습니다.

닭 한 마리 배달이요~

- -

말도 아닌 말을 하는 주제에 이해까지 바라는 당신에게 나 먹
기에도 아까운 닭다리를 양보하겠다. 그러니 그거 먹고 닥쳐
주시길.

날씬쟁이들은 전생에
나라를 구한 게 틀림없어!

그런 이유라도 있어야 견딜 수 있을 것 같아.

나는 두 귀가 있고, 두 귀가 있는데
너의 말을 알아들을 수 없다

- -

네가 쓴 글을 보고 있으면 마치 국어책을 거꾸로 들고 있는 기
분이야. 그래서 네가 하고 싶은 말이 뭐라고?

백수도 다 먹고 살려고 하는 짓인데
일단 뭐라도 먹자.

고구마
과자

윙? 이게 무슨 말이야?!

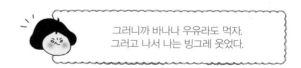

그러니까 바나나 우유라도 먹자.
그러고 나서 나는 빙그레 웃었다.

부메랑이 되어 돌아온다

모든 일은 부메랑이 되어 돌아온다. 그것이 좋은 일이든. 나쁜 일이든.
결과는 자신이 했던 일에 대한 대답이다.

영~
못 났다~

후비적
후비적

본인이 하는 짓은 당연하고
상대방이 하는 일은 절대
안 된다는 그 심보.
모지리 모지리 상모지리... 쯧쯧.

내 얘기하나? 귀가 간지럽네.

배가 고파서
배를 만져봤는데

에헤헤.....

배가 불러 있었다.

와구" 와구"

나이를 잡수셔야지,
왜 처드시나요?

자, 반아.
이거로
나이값이나
해.

없는 돈
털에서
주는 거야...

처~
팔랑~

나잇값 좀 하세요.

나도 모르게 그럴 때가 있다

- -

나도 모르게 함부로 말을 하게 될 때가 있다. 나도 모르게 상대방을
얕잡아 볼 때가 있다. 꼭 나쁜 말이 아니어도 상대방의 기분을 나쁘
게 했다면 나의 실수다.
세상에 소중하지 않은 사람은 없다. 나를 대하듯 사람들을 대하자.

꼬르륵 . . . .

버고픔에
익숙해지자....
꼬륵꼬르륵

여자에게는 3대 악이 있다. 못생김! 식탐! 배고픔!

박쥐
같은년!!!

여기 붙었다,
저기 붙었다,
니가 지껄인 말이
무섭지 않느냐?

난 개, 쥐, 소, 닭 중에 쥐가 제일 싫어.
쥐 중에 박쥐가 제일 싫어.

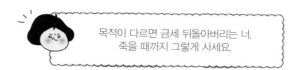

목적이 다르면 금세 뒤돌아버리는 너.
죽을 때까지 그렇게 사세요.

언제...
뱃살이...
배꼽을 덮은 거지.....

관심 없다고 방치하지 말자.
.... 요 모양 요 꼬라지가 된다.

지방으로 키운 내 새끼!

짯

지금이야!
피부밖으로
나가야대!!

몸은 참 신기하다.
기간이 다가오면
신호를 보낸다.
. . . . .
근데, 신호를 꼭
피부 트러블로 보낼
필요는 없는데....

뽀루지 너란 놈을 오늘은 기필코 짜버리겠다!

셀프 우쭈쭈~ ♥

- -

먼 훗날 미래의 내가 지금의 나를 찾았을 때 잘해왔다, 잘했었
다,라고 말할 수 있었으면 좋겠다. 누구의 말보다 나에게 스스로
해주는 칭찬이 가장 뿌듯하니까.

 언니가 살아보니 병신년보다 쌍년이 세상 살기 편해.

참아야 할 때도 있다

- -

원래는 항문으로 나가야 하는 것을 방향 감각을 상실시켜 입으
로 나오게 하는 사람들이 있습니다.

그럴 땐 일단 참으세요. 그런 사람들 앞에서는 참는 것도 좋은
방법입니다. 당신은 소중하니까요.

세상은
요지경~
요지경
속이다.

짜르고 ♪

짜르고 ♪

오늘은 더워서 수박을 씨 발라 먹었다.

걸음걸이에 힘이 없음.

질

질

턱이 3개에서 2개로 줄음.

핼—쑥—

폭식 금단 현상.

소심한 게 아니라
세심한 트리플A형

생채기

소중히 어루만져 주고 다정하게 쓰다듬어주어도 이미 곪아버린 마음은 당최, 좋아질 기미가 보이지 않는다. 마음은 어디에서 치료받아야 하는지 모르겠다.

마음의 빨간 약은 어디서 구할 수 있나요?

아기
좀 봐.

· · ·
흥얼흥얼
없었는데

흐,으

가끔
자신과 대화를
나눠보세요.

지금 나에게 필요한 건 나 자신과의 대화이다.

삶은 삶은 달걀이다. 진심 뻑뻑하다.

내 인생 시계 바늘은 오후 1시쯤……

4th
September

시간은 누구도 배려하지 않는다

어렸을 적에는 어른들이 마음만은 나도 스무 살이라고 말했던 것을
이해하지 못했다. 그러나 불혹이 다 되어가는 지금. 나도 마음만은 철
없는 스무 살이다. 아니 행동도!

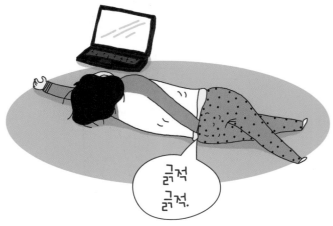

굼적
굼적.

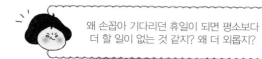

왜 손꼽아 기다리던 휴일이 되면 평소보다
더 할 일이 없는 것 같지? 왜 더 외롭지?

억지로 잡고 있던
마음을 떠나보냈다.

떠나보내야 할 땐 떠나보내야 한다

- -

마음을 보내줘야 할 때가 있다. 상대방에게서 더 이상 나에 대한 마음을 찾아볼 수 없을 때나, 나에게서 그에 대한 마음을 찾을 수 없을 때가 그렇다.

서로의 마음이 다른 방향으로 흘러가고 있는데 억지로 붙잡고 있는 것은 부질없는 짓이다. 보내줘야 할 때 보내주는 배려가 필요하다.

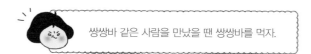

쌍쌍바 같은 사람을 만났을 땐 쌍쌍바를 먹자.

오예!!!

쌘나쌘나 ♪

완전 고맙다
스스로 멀어져 주서서. ㅋㅋㅋㅋㅋ

안녕이라고 말하기

살면서 우리는 분명 안녕이라고 말해야 하는 순간이 있다. 자연스러운 이별이 아니라 내가 모질게 안녕이라고 말해야 할 때. 그럴 때 우리는 서로의 눈치를 보며 누가 먼저 안녕이라고 고할 것인지 줄다리기를 한다.

안녕이란 말은 듣는 사람만 힘든 게 아니라 말하는 사람도 힘든 말이다. 그래서 너에게 고맙다. 안녕이라고 말하지 않게 해줘서.

과
하
게
웃
음.

삼겹살인가...

다잉메세지를 적음.

뾰르끄HA

다욧이 뭐임? 먹는 거임? 맛있음?

두 개의 얼굴이 공존하는 사람.
앞뒤가 다른 사람만큼 무서운 사람은 없다.

인생은 짧다. 웃고 살자.

218

흥, 현실도피.

칭찬을 하자, 나에게

- -

다른 사람들을 달래듯 나 자신도 토닥여주는 행동이 필요하다.
다른 사람들에게는 따뜻한 말을 쏟아지도록 많이 해주는 반면 정작
자신에게는 그 수많은 말 중에 한 마디도 아까워한다.
나에게 하는 칭찬에 인색한 사람이 가장 못난 사람이다.

육덕진 나의 샬들이여,
(제발) 안녕~

 모조리. 샅샅이. 하얗게 태워주겠어!

소심한 은시런니의 작은 외침.

21th
September

그럼에도 불구하고 오늘 나는 수고했다.

연연해하지 말자. 사람이든 기간이든.
나와 관계되ㄴ 모든 것으로부터
자유로워지자.

나란 뇨자. 쿨한 뇨자.

충전이 필요합니다!

27th
September

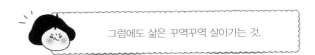

그럼에도 삶은 꾸역꾸역 살아가는 것.

227

october

외로워도
괜찮지 않은
고독 일기

잠자고 있던 기억들이여 깨어나라!
(어쩌면, 난 기억조차도 게으르다)

- -

노래를 듣고 있으면 잠자고 있던 행복한 기억이 깨어날 때가 있
다. 반면 노래와 함께 안 좋았던 기억이 우르르 쏟아질 때도 있
다. 가사와 함께 저 깊은 곳에 봉인해두었던 감정들이 손쓸 새도
없이 모습을 드러낸다.
음악은 내 감수성에 지대한 기여를 하고 있다.

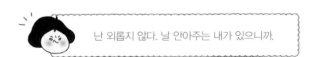
난 외롭지 않다. 날 안아주는 내가 있으니까.

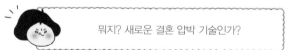
뭐지? 새로운 결혼 압박 기술인가?

난 언제부터 이렇게 되었을까?

상대방은 아무것도 하지 않았는데 괜스레 부담스러워질 때가 있다.
언제부터 친절을 대가성이라고 생각했는지 모르겠다. 순수하게 친절
을 베푸는 사람들까지도 의심하는 나를 볼 때면 어렸을 적 어른들의
모습이 떠오른다. 친절 뒤에 욕심을 숨기고 가면을 벗지 않는 어른들.
언제부터인지는 모르겠지만 나도 그런 어른이 되었다고 생각하면 슬
프다.

내 친구를 소개합니다

- -

30여 년 동안 하루도 빠짐없이 나와 함께해 온 친구가 있다. 그
친구는 내가 아무리 때리고 꼬집고 욕을 해도 떠나지 않았다. 한
때는 그 친구가 너무 꼴 보기 싫어서 떠나보내려고 무수히 노력
했던 적도 있다. 그러나 의리 있는 내 친구는 떠나지 않고 언제
나처럼 곁에 머물러주었다.

안녕. 뱃살 친구?

오늘도 여전히 너의 지방은 두둑하구나.

외롭다..
외로워...
외로운 걸...
나 외롭지?
외로운 것 같아..
나는 외로운 바..
외롭..외롭..
외로운 걸까?
외로워 죽겠어!!
외롭다..
외로워...
외로운 걸...
외로운것 같아..
나 외롭지..

척하지 말자

관심이 필요하면 솔직하게 관심을 가져달라고 말하자. 꾸민 말과 꾸
민 표정이 아닌 진심을 보이자. 쿨한 척. 척하지 말자.

뭐해?

몸에
붙은
외로움
떼어내고
있어...

외로움은 털어도 털어도 끝이 없다.

그래도 이번 생에는 더 나빠지진 않을 테니 기뻐해!

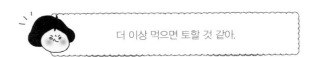

뭐니뭐니 해도 말 옮기는 것들이
제일 재수 땅임!!!

바로 네!

…왜 그래?

관심
No No 해.

헐!

고 관심
No No
라며?

나 기분 별로인데
왜!! 관심
안 주냐고!!!

청개구리 근성!

오늘도 참 쓰레기처럼 보냈다.
앗. 내가 뭐라....
.... 쓰레기야.. 미안...

 혹시 아나 몰라? 내일이 월요일인 거.

17th
october

어떤 날은 선물처럼 좋은 일이 쏟아지기도 한다.

끼리 ~
~ 끼리

세상 어디서든
'끼리 끼리'
어울리기 마련.

끼리끼리 놉니다.

살도
먹으면서
빠져야지,
요인가
안 와~
가끔-
밀가루도
먹어 줘~야
된다고...
.... 왜?...
무거?....

밀가루 신봉자들은 다 함께 say yo yo~

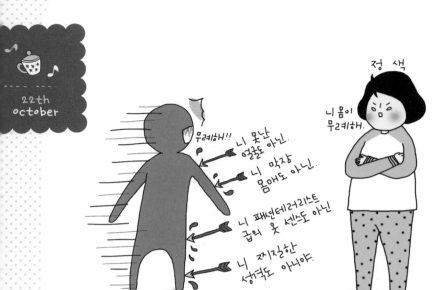

네가 여친이 없는 이유

- -

환하게 웃는 나에게 고춧가루 꼈다고 말하는 너. 네가 여자 친구
가 없는 이유는 솔직해서가 아니야. 파마했다고 말하는 나에게
더 통통해 보인다고 말하는 너. 네가 여친이 없는 이유는 솔직해
서가 아니야. 너의 솔직함은 매너가 없는 것일 뿐.
그걸 모르는 넌 그냥 눈치가 없는 놈일 뿐.

뒷모습이 슬퍼 보이는
사람은 슬픈 거다.

뒷모습이 외로워 보이는 사람도 외로운 거다.

그래....
이제서야 말하지만....
넌 최고의 찌질이었어....

하아...

그 시절의 나.

마음속에 살고 있는 욕심을
조금씩 날려버리자.

욕심 놓기

분에 넘칠 정도의 욕심은 감당할 수가 없어서 자꾸만 실수라는 것으로 나타난다.
내 것이 아닌 그저 욕심이니 그만 실수하고 내려놓으라는 것일 텐데. 놓지 못하고 상처받기를 반복한다. 결론은 없고 좌절만 이어진다. 마음속에 욕심을 날려주는 게 필요한 순간이다.

November

어디에다 추억을
흘리고 온 거지?

외줄을 타듯 중심 잡기가 힘든 게 인생인 것 같다.

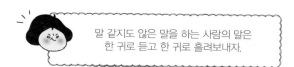

말 같지도 않은 말을 하는 사람의 말은
한 귀로 듣고 한 귀로 흘려보내자.

잊고 싶은 과거를 허물 벗듯
벗어버릴 수만 있다면.

새 옷을 갈아입는 것처럼 나를 벗어버리고
다시 시작할 수 있다면 얼마나 좋을까?

눈물에서 조금만 자유로워지고 싶다

눈물에 수몰되는 상상을 하곤 한다. 그렇게 되면 더 이상 울지
않을 수 있지 않을까?

울고 싶지 않을 때 툭 터지는 눈물 때문에 곤혹을 치르지 않아
도 되지 않을까?

눈물에서 조금만 자유로워지고 싶다.

말
잇
못

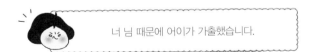

너 님 때문에 어이가 가출했습니다.

어디에다 추억을 흘리고 온 거지?

내가 모르는 사이에 소중한 기억과 사랑했던 날들, 기억해야 할
인연들을 흘리고 온 게 아닐까.
그 모든 게 다 내 실수로 잃어버린 게 아닐까.

시련인지.....
기회인지.....

하아...

인생을 알고 살면 얼마나 좋을까.

12th
November

외로워 말자.
뒤를 돌아보면
나와 닮은 그림자가
날 지켜주고 있으니까.

그림자가 지켜주고 있으니까

적어도 내 뒤에서 나를 지켜주는 무언가 하나만 있어도 마음이 놓인다. 나와 닮은 그림자가 나를 지켜주고 있으니까. 더 이상 불안해하지 말자. 걱정하지 말자.

 하루종일 샌드백처럼 이리저리 두들겨 맞은 것 같은 날.

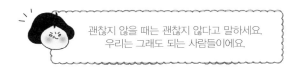
괜찮지 않을 때는 괜찮지 않다고 말하세요.
우리는 그래도 되는 사람들이에요.

 인생에는 좋다, 싫다 두 가지만 있는 것은 아니다.

내가 한없이 작아질 때

어렸을 적엔 무엇을 해도 부모님이 예쁘다고 잘한다고 칭찬해주었는
데, 나이가 들고 어른이 되니 칭찬받을 일도, 칭찬받을 사람도 찾기
힘들다. 어쩌면 어른이란 스스로를 칭찬해주는 사람이 되었다는 것
일지도 모른다.

그럼에도 세상에는 잘난 사람이 너무나 많고, 나는 아무것도 아닌 사
람처럼 느껴질 때가 있다. 내가 나를 칭찬해주어야 하는데….

25th
November

제발 내 기억에서 로그아웃해줘!

살다보면 기억에서 통째로 지워버리고 싶은 사람이 생기기 마련
이다. 그와 관련된 작은 순간조차도 머릿속에서 삭제하고 싶다.
먼 미래에 기억을 지우는 약이 개발된다면 나는 기꺼이 첫 번째
고객이 될 의사가 있다.

나만 힘든 게 아니다.
누구나 지치고 힘들다.
당신도 나도.

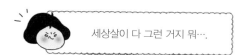

세상살이 다 그런 거지 뭐….

이리와요 ♥
안아 줄게요

우리 모두 힘들지 마요. ♥

한 살 더 먹기 전에 쓰는 투덜 일지

그래요, 나 나이 많아요

- -

나이를 먹으면 먹을수록 모든 게 쉬워질 줄 알았다. 나이의 무
게만큼 삶의 지혜도 쌓이고 인생의 고단함도 조금씩 가벼워질
것이라고 기대했다. 하지만 나이의 무게만큼 쌓인 지식은 내 잣
대를 휘둘렀고 고단함은 가벼워지는 게 아니라 무거워져서 내
어깨를 짓눌렀다. 나이가 드는 것은 삶에 삶을 더하는 일이다.
그 무게를 견뎌내며 살아가는 게 삶 아닐까.

건망증이 심해졌다.

기승전 시집

엄마가 나에게 바라는 것은 현금도 아니고 사랑한다는 말도 아
니다. 오로지 결혼이다. 나의 행복이다.

그런데 엄마. 결혼해서 사는 것이 꼭 행복한 건 아니잖아?

엄마의 뜻은 잘 알고 있지만 모른 척해서 미안해. 난 이대로
가 좋아.

세월

더는
못 따라가니
먼저 가자, 하는 게
세월이다.

세월을 들고 있으면 무겁다.

짜증나...

엄마는 알까?
나 죽고 후회하지 말고,라는 말이
얼마나 가슴 철렁하게 하는 말인지.

우리가 함께할 수 있는 시간

- -

엄마가 나의 엄마로 남아 있는 시간이 점점 짧아져 간다. 함께
하는 시간이 빠르게 흘러가는 것을 알면서도 여전히 엄마의 모
진 말도 엄마 탓을 하고, 나의 모진 말도 엄마 탓을 한다. 그러지
말자, 다짐했던 것은 금세 잊어버리고 언제나처럼 엄마 때문이
라고 신경질을 부린다.

이렇게 투닥거릴 시간이 얼마 남아 있지 않다는 것을 은연중에
깨닫게 될 때면 모른 척 참아왔던 눈물이 왈칵 쏟아진다.

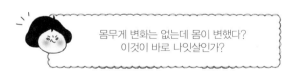

몸무게 변화는 없는데 몸이 변했다?
이것이 바로 나잇살인가?

곱디 고운 할매가 되어야지....

진짜 어른

주름의 개수는 살면서 이겨낸 고난의 훈장이다. 얼굴에 생기는
주름의 개수에 연연하지 않고 고운 할매가 되고 싶다.
고집부리며 타협하지 못하는 어른이 아닌. 옳은 의견에 수긍
할 수 있고 어린 인생에게 박수 쳐줄 수 있는 진짜 어른이 되
고 싶다.

 가끔은 어떤 것이 더 우선인지,
어떤 것이 더 중요한지 잘 모르겠다.

10th
December

내 행복이 가장 중요해!

사람들은 그런 것 같다. 상대방이 아무리 힘든 일이 있어도 내 일보다 덜하면 덜하지 더하지는 않을 거야,라고 생각하는 것 같다. 아파도 내 상처가 더 아프고, 슬퍼도 내 슬픔보다 더 깊지 않을 것이고, 상처가 커도 내 상처보다 더 곪지는 않았을 거라고 생각한다.

내 일이 해결되지 않는 한 상대방의 일들은 모두 나에겐 모래알 만한 크기일 뿐이다. 그래서 난 조금은 이기적이지만 이렇게 말하고 싶다. 내 행복이 가장 중요해!

나이를 먹는다는 것

- -

감정을 숨겨야 하는 일이 자꾸 생긴다는 것.

감정을 내비치는 순간 관계가 틀어질 수도 있다는 것.

철저히 본심을 감춰야 한다는 것.

이런 것을 깨달았을 땐 슬프거나 화가 나기보다는 씁쓸하다.

나쁜 군중심리

한 사람이 몰아대기 시작하면 기다렸다는 듯이 다른 사람들이 나
타나 그 일에 동조한다. 마치 이것은 나쁜 군중심리와 비슷하다.

이봐, 내 좋은 기분은 놓고 가시지.

미안 내 인생아, 다음 생을 기약하자.

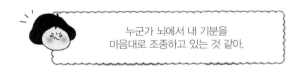

누군가 뇌에서 내 기분을
마음대로 조종하고 있는 것 같아.

이렇게

개 ←   → 돼지

로 살 수는 없어!!!

인간아~

돌고래 등에 타서
우주를 헤엄치는 꿈.

안녕,
나의 우주.